GUÍA DE LECTURA

Escrita por Perrine Beaufils
Traducida por Laura Soler Pinson

El fantasma de Canterville

de Oscar Wilde

ResumenExpress.com

GUÍA DE LECTURA

Cincuenta
sombras
de Grey
de E. L. James

OSCAR WILDE 1

Novelista, poeta, dramaturgo,
escritor de novelas cortas y ensayista irlandés

EL FANTASMA DE CANTERVILLE 2

El cuento más célebre de Wilde

RESUMEN 3

ESTUDIO DE LOS PERSONAJES 7

Sir Simon

Virginia

Mister y mistress Otis

Washington y los gemelos

CLAVES DE LECTURA 10

Esquema actancial

Esquema narrativo

Un cuento fantástico

Referencias a la novela gótica

Un tono de parodia

PARA IR MÁS ALLÁ 17

OSCAR WILDE

NOVELISTA, POETA, DRAMATURGO, ESCRITOR DE NOVELAS CORTAS Y ENSA-YISTA IRLANDÉS

- **Nacido en 1854 en Dublín (Irlanda)**
- **Fallecido en 1900 en París (Francia)**
- **Algunas de sus obras:**
  - *El alma del hombre bajo el socialismo* (1891), ensayo
  - *Salomé* (1893), obra de teatro
  - *La importancia de llamarse Ernesto* (1895), obra de teatro

Oscar Wilde, nacido en 1854, es un escritor de origen irlandés que pasa una gran parte de su vida en Londres. Es, sin duda, el autor más representativo del «fin de siglo» en el mundo anglosajón. Forma parte de la corriente del decadentismo y del esteticismo, y no admite que algo interfiera en el arte y la belleza.

Impactan sus maneras de dandi exuberante y su anticonformismo, y esto a veces provoca reacciones muy virulentas. En 1895, es condenado a dos años de trabajos forzosos en la cárcel de Reading por actos homosexuales. Tras cumplir con su pena, se exilia a París, donde muere en la miseria en 1900. Sus obras más conocidas son *El retrato de Dorian Gray* (1890-1891) y la obra de teatro *La importancia de llamarse Ernesto* (1895).

EL FANTASMA DE CANTERVILLE

EL CUENTO MÁS CÉLEBRE DE WILDE

- **Género:** cuento fantástico
- **Edición de referencia:** Wilde, Oscar. 2010. *El fantasma de Canterville*. Traducido por Julio Gómez de la Serna. Madrid: Alfaguara. E-book en epub
- **Primera edición:** 1891
- **Temáticas:** fantasmas, superstición, bromas, misterio, humor

Publicado en 1891 en una recopilación junto a otros cuentos, *El fantasma de Canterville* es el cuento más célebre de Oscar Wilde.

Wilde juega con los códigos de los cuentos fantásticos y de la novela gótica (género del siglo XIX que cuenta historias sentimentales y macabras de resucitados, de destinos trági-cos y de castillos misteriosos), géneros que trata con un gran componente paródico. Además, aprovecha para retratar desde la sátira (es decir, critica usando el humor y la parodia) a los estadounidenses y a los británicos presentando de una forma divertida sus diferencias en su forma de ser y de vivir.

RESUMEN

Mister Otis, un ministro estadounidense, se instala con su familia en Inglaterra, donde adquiere una vieja casa que pertenece a una familia aristócrata británica, los Canterville. El propio Lord Canterville le desaconseja que la compre, y afirma que la casa está habitada por el fantasma de su antepasado, Sir Simon, desde el siglo XVI. Pero el estadounidense no cree en los fantasmas, y se toma esta historia como una extravagancia típicamente europea.

Así pues, la familia, conformada por los esposos Otis y sus hijos, Washington, Virginia y los gemelos, se va a vivir a la casa. Los acoge la señora Umney, el ama de llaves. En la biblioteca, descubren una mancha de sangre que no se ha logrado hacer desaparecer desde que Sir Simon mató a su mujer en ese lugar, tres siglos antes. Washington, a quien esta historia no impacta para nada, se apresura a limpiar la mancha con un producto moderno.

Al día siguiente, la mancha está ahí de nuevo. Así, la familia empieza a creer en la existencia del fantasma, pero no por ello tiene miedo. Esa misma noche, el fantasma aparece: mister Otis le escucha pasar por delante de su habitación y le ofrece lubricante para engrasar sus ruidosas cadenas. Sir Simon, indignado, sigue su camino, pero justo después, son los gemelos los que le ofenden al lanzarle una almohada a la cara. Entonces, el fantasma se refugia en su rincón secreto, ofendido y escandalizado. Para tranquilizarse, rememora sus logros más destacados, cómo aterrorizó a los miembros y a los amigos de la familia Canterville, hasta el punto de provocar múltiples dramas. Decide vengarse de los Otis.

Durante un tiempo, Sir Simon se conforma con hacer aparecer de nuevo la mancha de sangre y con ser discreto. Una noche, atrae la atención de la familia tirando una armadura que está intentando ponerse. Los gemelos le responden atacándolo con una cerbatana. Intenta entonces asustarles con una risa satánica, pero mistress Otis le sorprende al proponerle un remedio contra la indigestión. Indispuesto por todas estas humillaciones, el fantasma termina por retirarse a su escondite y allí se queda hasta volver a recobrar la valentía y la salud.

Intenta otra vez intimidar a la familia, y esta vez decide vestirse con el traje más aterrador que tiene y dar un trato particular a cada miembro de la familia. Sin embargo, cuando va a pasar a la acción, se encuentra en el pasillo cara a cara con un espectro horrible que lo atemoriza sobremanera. Se bate en retirada y cuando despunta el alba, se decide a ir a ver al otro fantasma. Pero cuando llega ante él, se da cuenta de que no es más que una marioneta que los gemelos han fabricado para reírse de él.

El fantasma, todavía debilitado por esta nueva humillación, se entierra en su reducto y renuncia incluso a hacer aparecer de nuevo la famosa mancha de sangre. No obstante, sigue saliendo de vez en cuando, pero mantiene la máxima discreción posible. Eso no impide que Sir Simon siga siendo objeto de burlas: cuerdas tendidas en el pasillo, planchas enjabonadas y otras trampas lo esperan cada noche. Tras un último paseo que acaba en una emboscada de los gemelos y de Washington, renuncia de forma definitiva a aterrorizar a los estadounidenses.

Como ya no lo ven, los Otis piensan que el fantasma ha desaparecido. Cuando reciben la visita del pretendiente de Virginia, el joven duque de Cheshire, cuya familia ya se las ha visto con Sir Simon, este último decide atacar al duque. Pero el miedo que siente ante los gemelos le impide al final pasar a la acción.

Unos días después, Virginia se encuentra por casualidad con el fantasma. Conmovida por su sufrimiento, intenta consolarlo. Le abronca en lo que respecta al asesinato de su mujer, y le reprocha que le haya robado los tubos de pintura para hacer aparecer de nuevo la mancha de sangre. Él se queja de los hermanos de su mujer, que lo dejaron morir de hambre para castigarle, y del cansancio que supone errar sin descanso desde hace siglos. Le dice a Virginia, llena de compasión, que el remedio a su situación está indicado en una profecía que habla de las lágrimas y del amor de una joven.

Virginia, repleta de valor, acepta rezar por el descanso del fantasma y hacer lo necesario por ayudarle. Sigue a Sir Simon, que la lleva a una caverna misteriosa.

Poco después, toda la familia se percata de la ausencia de Virginia. Los Otis comienzan a preocuparse. Inspeccionan la casa y el jardín, y comienzan a sospechar de un grupo de gitanos a los que han autorizado a acampar en el parque. Como ninguna de estas pistas es la correcta, deciden, pese a su aflicción, aplazar la búsqueda al día siguiente. Pero a medianoche, cuando todos se dirigen a sus habitaciones, un estruendo hace retumbar toda la casa, y Virginia surge de detrás de un panel que se cae. Está agotada y lleva en las manos un pequeño joyero que el fantasma le ha regalado. Pide a su familia que le siga a la caverna, hasta una habitación donde se encuentra el cuerpo encadenado de Sir Simon, que tiene delante un cántaro y una escudilla, fuera de su alcance.

Días después, la familia procede solemnemente a enterrar a Sir Simon en el pequeño cementerio del parque.

Mister Otis quiere devolverle a Lord Canterville las joyas que el fantasma le ha regalado a Virginia, y que albergan un gran valor. Pero Lord Canterville las rechaza por el gran favor que Virginia le ha hecho a su antepasado.

Mucho después, Virginia se casa con el duque de Cheshire. Tras su luna de miel, van a rendirle tributo a Sir Simon dejando flores en su tumba. El duque le pregunta a la joven qué hizo para liberar al fantasma. Esta reclama su derecho a guardar el secreto, y su marido acepta, seguro del amor de su esposa.

ESTUDIO DE LOS PERSONAJES

SIR SIMON

Sir Simon es un miembro de la familia Canterville, fallecido en 1574. Sabemos que asesina a su mujer nueve años antes de su fallecimiento, y que la familia de esta última es la que le causa la muerte abandonándolo en un calabozo sin comida.

Es un fantasma muy peculiar: su cuerpo es sensible al sufrimiento físico, a la enfermedad. Por ejemplo, se rasguña las rodillas cuando se cae y teme los ataques de los gemelos. Sin embargo, puede atravesar muros y dice que no come ni duerme jamás.

Al principio del cuento, se nos presenta como un espectro cruel y malvado que se jacta de sus malas acciones y de los dramas que ha causado. Además, no parece arrepentirse de la muerte de su mujer. Pero cuando entra en contacto con Virginia, el carácter de Sir Simon se suaviza y entendemos que ya ha expiado su crimen con grandes sufrimientos. Gracias a la joven, logrará encontrar el camino de la redención.

VIRGINIA

Es una joven de 15 años, a la que se describe como bonita y graciosa. Le gusta la equitación y la pintura. A diferencia de los demás miembros de su familia, jamás la emprende con Sir Simon, y no lo insulta.

Es una chica dulce, amable, llena de compasión y de comprensión. El sufrimiento del fantasma la conmueve, y cuando Sir Simon le narra sus desgracias, se muestra indulgente con respecto a sus crímenes.

Es fuerte y valiente: no teme seguir a Sir Simon a los calabozos del castillo, y acepta hacer lo que sea necesario para ayudarle.

MISTER Y MISTRESS OTIS

Encarnan el racionalismo y el materialismo estadounidense frente a las supersticiones y creencias británicas. Cuando a mister Otis, que es ministro en Estados Unidos, se le anuncia que hay un fantasma, no se toma esta información en serio. Tanto él como su mujer tienen una respuesta racional para todos los fenómenos sobrenaturales que ocurren: le ofrecen al fantasma lubricante para sus cadenas, o un tratamiento contra la indigestión. Cuando admiten la existencia de Sir Simon, se toman la situación con mucha calma y no se preocupan en absoluto.

WASHINGTON Y LOS GEMELOS

Washington es el mayor de los hermanos, mientras que los gemelos son los más jóvenes. Los tres disfrutan burlándose del fantasma, y le persiguen para someterle a bromas humillantes. Llegan tan lejos que Sir Simon enseguida se muestra atemorizado y no se atreve a salir de su escondite. Por lo tanto, estos tres jóvenes funcionan con la misma lógica materialista y racional que sus padres, a la que hay que añadir, además, un espíritu burlón. Washington es el primero que se muestra indiferente frente a las supersticiones cuando elimina la famosa mancha de sangre de la biblioteca.

CLAVES DE LECTURA

ESQUEMA ACTANCIAL

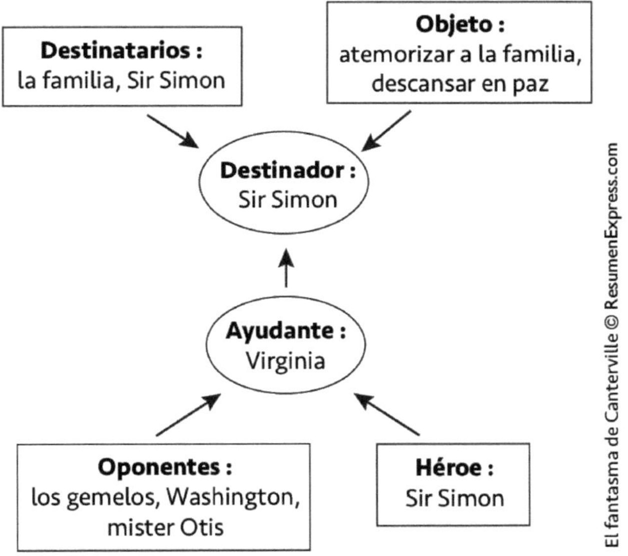

ESQUEMA NARRATIVO

El fantasma de Canterville es un cuento fantástico que toma prestados elementos de la novela gótica, y los trata desde la parodia. El esquema narrativo del cuento refleja esta doble orientación.

Situación inicial: es el inicio de la historia, el momento en el que se pone en contexto y en el que se nos presenta a los personajes. La situación es equilibrada, es decir, no tiene razón alguna para evolucionar.

- El fantasma de Sir Simon habita Canterville Chase y es temido por todo el mundo.

Elemento perturbador: es un acontecimiento que perturba la situación inicial y que desencadena la historia propiamente dicha.

- Los Otis se instalan en la casa de los Canterville. Se muestran indiferentes ante los intentos que Sir Simon lleva a cabo para atemorizarles. Este elemento invierte el desarrollo esperado de una historia de un aparecido.

Peripecias: son los acontecimientos provocados por el elemento perturbador y que desencadenan la o las acciones del héroe para resolver el problema.

- El fantasma sufre la indiferencia de la familia y las burlas de los niños Otis, y llega a renunciar a su deseo de dar miedo y a sumirse en la desesperanza. En las peripecias es donde se expresa de manera más contundente la dimensión paródica del texto.

Desenlace: pone fin a las peripecias y lleva a la situación final.

- Sir Simon logra conmover a Virginia, que le ayuda a encontrar la paz. En este desenlace, lo fantástico supera a lo paródico, puesto que, al final, la emoción y el misterio dominan la conclusión del cuento.

Situación final: es el final de la historia. La situación es estable otra vez, como la situación inicial, pero ha sufrido cambios.

• El fantasma, liberado, descansa al fin en paz en el cementerio de los Canterville. Virginia, casada, sigue honrando la memoria de aquel al que ha salvado.

UN CUENTO FANTÁSTICO

El fantasma de Canterville pertenece al género del cuento. Un cuento es un relato corto o de longitud media, generalmente escrito en prosa, y cuyo contenido es ficticio. Se centra en un solo acontecimiento y sus personajes, poco desarrollados, no son numerosos. El final del relato (el desenlace) debe ser sorprendente e inesperado. Este tipo de cuento se distingue del cuento de hadas porque se desarrolla en un universo realista y, al contrario de lo que pasa en el primero, este último presenta a menudo situaciones muy esquemáticas (oposición del bien y del mal), personajes estereotipados (los héroes, los malvados) y contiene una moraleja. El género del cuento existe desde la Edad Media, pero se redefine en el siglo XIX, cuando alcanza su máximo apogeo gracias a autores como Edgar Allan Poe (escritor estadounidense, 1809-1849), Prosper Mérimée (escritor francés, 1803-1870) o Guy de Maupassant (escritor francés, 1850-1893).

En relación con estas características, vemos que *El fantasma de Canterville* encaja perfectamente con la definición de cuento:

• es un texto corto;

- solo hay una intriga, y destaca por su sencillez: se trata del encuentro entre la familia Otis y el fantasma de Canterville;
- existen pocos personajes —casi aparecen únicamente los Otis y el fantasma— y, además, sabemos pocas cosas sobre ellos, salvo aquello que ayuda al desarrollo de la historia;
- el desenlace es bastante sorprendente y acentúa la dimensión misteriosa de la historia, puesto que Virginia se niega a desvelar lo que pasó en esa famosa noche con el fantasma.

Un cuento puede ser realista o fantástico. En este caso, nos encontramos ante un cuento fantástico. Por fantástico nos referimos a los relatos en los que se producen acontecimientos sobrenaturales, inexplicables, en un universo realista, cotidiano. El lector se enfrenta a un mundo que parece real, y la aparición de lo inexplicable en este contexto provoca su miedo y su angustia. Así, lo fantástico se opone a lo mágico, al cuento de hadas, donde todo el universo del relato es irreal. En este caso, la existencia del fantasma es el único elemento del cuento que no es realista.

REFERENCIAS A LA NOVELA GÓTICA

En su cuento, Oscar Wilde también retoma ciertas características de la novela gótica, un género que todavía goza de cierto éxito en la época en la que escribe. Se trata de un género literario inglés que nace a finales del siglo XVIII. La novela gótica presenta historias sentimentales y macabras en las que lo sobrenatural ocupa un lugar principal. Los autores más famosos de este género de novelas son Ann Radcliffe (mujer de letras británica, 1764-1823) y Horace Walpole (escritor británico, 1717-1797). En *El fantasma de Cantervile*, encontramos una gran cantidad de elementos que recuerdan a este género literario:

- el decorado del cuento es una antigua casa misteriosa en la que el pasado es omnipresente;
- este decorado es el escenario de manifestaciones sobrenaturales, como la mancha de sangre o las apariciones del fantasma;
- la casa esconde un oscuro secreto, un drama pasado: el asesinato de Lady Canterville y el triste final de Sir Simon;
- una joven pura y valiente —Virginia— se sacrifica por el bien común;
- los personajes que Sir Simon encarna para atemorizar a sus víctimas son también referencias a las figuras tradicionales de la novela gótica, como, por ejemplo, «Gibeón el Flaco, o el Vampiro del páramo de Bexley» o «Daniel el Mudo, o el Esqueleto del Suicida».

UN TONO DE PARODIA

Si bien Oscar Wilde fija su cuento en el género fantástico y gótico, lo cierto es que trata estos dos géneros en un tono de parodia. Es decir, retoma las características y las presenta de un modo cómico. Por ejemplo, el fantasma no da realmente miedo, e incluso se convierte en la víctima ridícula y penosa de la familia Otis. Aun cuando las puestas en escena de Sir Simon recuerdan a la novela gótica y deberían dar miedo, el racionalismo tranquilo de la familia Otis transforma cualquier intento del fantasma en una peripecia cómica. Podemos citar como ejemplo la risa satánica de Sir Simon, que en una novela gótica provocaría el pavor de los personajes, pero que aquí es interpretado por mistress Otis como un síntoma de indigestión. El desfase entre los actos del fantasma y las reacciones de la familia crea un efecto extremadamente cómico. Así, todo el inicio del cuento trata lo fantástico y las referencias a la novela gótica en un tono de comedia. Sin embargo, al llegar al desenlace, los que dominan la escena son la emoción y el misterio, y esto demuestra que Wilde no reniega completamente de sus modelos.

¡Su opinión nos interesa!
¡Deje un comentario en la página web de su librería en línea,
y comparta sus favoritos en las redes sociales!

PARA IR MÁS ALLÁ

EDICIÓN DE REFERENCIA

- Wilde, Oscar. 2010. *El fantasma de Canterville*. Traducido por Julio Gómez de la Serna. Madrid: Alfaguara. E-book en epub.

EN RESUMENEXPRESS.COM

- Guía de lectura de *El retrato de Dorian Gray* de Oscar Wilde.

ResumenExpress.com

www.resumenexpress.com

ISBN ebook: 9782806273925

ISBN papel: 9782806286185

Depósito legal: D/2016/12603/554

Cubierta: © Primento

Libro realizado por Primento, el socio digital de los editores